Texte : Louise Tondreau-Levert
Illustrations : Bruno St-Aubin

Les bêtises des enfants

À PAS DE LOUP

Niveau

2

Je sais déjà lire

Dominique et compagnie

**Données de catalogage avant publication
(Canada)**

Tondreau-Levert, Louise, 1949-
Les bêtises des enfants
(À pas de loup. Niveau 2, Je sais déjà lire)
Pour enfants.

ISBN 2-89512-382-9

I. St-Aubin, Bruno. II.Titre. III. Collection.

PS8589.O653B45 2003b jC843'.54 C2003-941283-0
PS9589.O653B45 2003b

Directrice de collection : Lucie Papineau
Direction artistique et graphisme :
Primeau & Barey
Dépôt légal : 1er trimestre 2003
Bibliothèque nationale du Québec
Bibliothèque nationale du Canada

Dominique et compagnie
300, rue Arran, Saint-Lambert
(Québec) Canada J4R 1K5
Téléphone : (514) 875-0327
Télécopieur : (450) 672-5448
Courriel : dominiqueetcie@editionsheritage.com
Site Internet : www.dominiqueetcompagnie.com

Imprimé au Canada

10 9 8 7 6 5 4 3 2

Nous remercions le Conseil des Arts du
Canada de l'aide accordée à notre programme de publication, ainsi que la SODEC
et le ministère du Patrimoine canadien.

Gouvernement du Québec – Programme
de crédit d'impôt pour l'édition de livres –
Gestion SODEC

À tous les enfants fous
de leurs parents...

Louise Tondreau-Levert

Juju, les jumeaux et moi, nous sommes des enfants ordinaires.

Des enfants comme nous, on en voit un peu partout. Le dimanche après-midi, au parc, il y en a vraiment beaucoup.

Mais lorsque papa et maman ont le dos tourné… que font les enfants?

Comme nos parents, nous aimons bien tout ranger. Pour commencer, nous ramassons les gommes à mâcher par terre et nous les collons sur les bancs. Nous plaçons les gommes roses, puis les bleues, les jaunes et, pour finir, les gommes blanches.

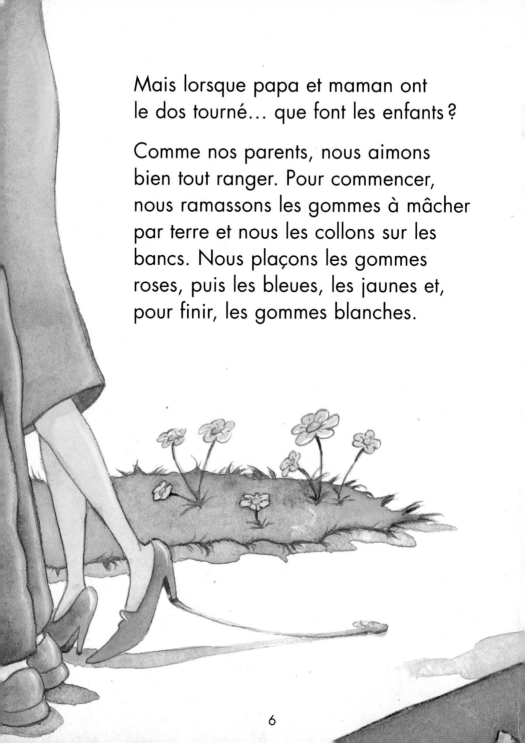

Les jumeaux, eux, en profitent pour faire
un concours de grimaces avec les passants.

—Des bêtises ! Rien que des bêtises !
disent les parents.

Nous ne sommes pas du tout de cet avis, alors nous nous dirigeons vers les balançoires. Juju et moi, nous poussons les jumeaux. Nous les poussons fort, très fort !

Pendant que les parents discutent, les enfants construisent un gigantesque château de sable.

Nous nous chamaillons pour choisir un roi et une reine... Le sable vole un peu partout ! Nous en trouvons dans nos cheveux, dans nos oreilles et même dans nos yeux. À la fin, tout le monde en mange un peu.

– Des bêtises ! Rien que des bêtises ! rouspètent les parents.

Papa et maman nous ramènent vite
à la maison. Les balades en auto, nous
trouvons ça rigolo! Nous comptons les
vaches dans les champs et nous chantons
bien fort les résultats. Ainsi, nous
montrons que nous connaissons déjà
l'arithmétique.

—Des bêtises! Rien que des bêtises!
protestent les parents.

Pour éviter du travail à nos parents, nous enlevons le sable de nos souliers, puis nous retirons de nos poches les cailloux et tous les autres trésors accumulés pendant la journée.

Oups ! L'auto a besoin d'un grand nettoyage.

–Des bêtises ! Rien que des bêtises ! grondent
les parents.

De retour à la maison, maman et papa sont découragés. Et nous qui pensions les aider…

Pour nous faire pardonner, Juju et moi
sortons promener le chien.

Comme nous avons oublié de ramener
Toutou, nos parents le cherchent partout.

Pendant ce temps, nous nous occupons des
autres animaux. Les jumeaux, convaincus
que les chatons noirs aimeraient mieux être
blancs, décident de leur donner un bain.

–Des bêtises! Rien que des bêtises!
tempêtent les parents.

Papi choisit justement ce moment pour s'inviter à manger. Juju, les jumeaux et moi, nous sommes tout heureux de lui faire entendre notre dernière composition... pour casseroles et chaudrons.

Malgré le bruit, Papi s'est endormi. Juju en profite pour nous expliquer comment notre Papi attache ses bretelles.

—Des bêtises ! Rien que des bêtises ! fulminent les parents.

Incapable de bouger, Papi se réveille de très, très mauvaise humeur.

—Assez de bêtises pour aujourd'hui ! Il est temps d'aller au lit ! rugissent les parents.

Avant de dormir, les jumeaux, Juju et moi
réclamons un peu d'eau, quelques biscuits,
une histoire, un câlin, un doudou, un toutou,
une petite comptine, un dernier câlin...

Le tout se termine par une inoubliable bataille d'oreillers. Épuisés, nos parents dorment jusqu'au matin.

Et le matin, que font les enfants?

FIN !